Linda Chapman

Sternenfohlen
Wirbel um Stella

Aus dem Englischen von Ursula Rasch

KOSMOS

Umschlaggestaltung von Carmen Oberzaucher, Wien,
unter Verwendung einer Illustration von Carolin Ina Schröter
Innenillustrationen von Carolin Ina Schröter, Berlin
Aus dem Englischen übersetzt von Ursula Rasch

Besonderer Dank an Lucy Courtenay

Titel der englischen Originalausgabe:
Linda Chapman: The Fame Game

„Wirbel um Stella“ ist der 7. Band der Reihe „Sternenfohlen“.
Weitere Titel der Reihe siehe auch S. 111

1. Auflage

ISBN 978-3-440-11598-5

Redaktion: Cordula Keese
Grundlayout: DOPPELPUNKT, Stuttgart
Produktion: DOPPELPUNKT, Stuttgart
Printed in the Czech Republic / Imprimé en République tchèque

1

Aufgeregt warf Wolke die Hufe in die Luft. Sie sauste vor ihren Eltern her, als sie ins Tal hinunterflogen.

„Lass dir Zeit, Wolke!“, lachte ihre Mutter. „Sonst meinen alle, du hättest keine schönen Ferien gehabt!“

Wolke drehte sich mitten im Flug um. Sie schüttelte sich die Stirnlocke aus den Augen und lächelte ihren Eltern zu. „Tut mir leid“, sagte sie. „Aber ich kann es gar nicht mehr erwarten, alle meine Freunde wiederzusehen.“

Wolkes Vater schüttelte die Mähne. „Kaum zu glauben, dass du schon in die zweite Klasse kommst“, meinte er. „Mir ist, als hättest du eben erst in der Einhornschule angefangen!“

Wolke konnte es selbst nicht fassen. Ihr erstes Jahr an der Einhornschule war rasend schnell vergangen. Es hatte eine Schatzsuche, Wettfliegen, Partys, Schultheater und sogar einen Haustierwettbewerb gegeben. Aber das Schönste war, dass Wolke so tolle Freunde gefunden hatte.

Nun konnten sie schon die funkelnden Türme der Einhornschule sehen. Und plötzlich war der Himmel voller Einhörner, die alle in dieselbe Richtung wie Wolke strebten. Ein lustiger Gedanke, dass Wolke vor einem Jahr noch gar nicht fliegen konnte!

Jetzt entdeckte Wolke einige Einhörner, die das Tal hinuntergaloppierten. Da sie nicht flogen, vermutete Wolke, dass das die neuen Erstklässler waren. Voller Neid sahen sie zu, wie Wolke vor ihnen eine perfekte Landung hinlegte. Wolke lächelte. Sie wusste genau, wie sie sich fühlten.

„Also, Wolke“, begann ihr Vater. „Dann ...“

Aber Wolke hatte gerade ein großes Einhorn entdeckt, das neben dem Tor stand.

„Sturmwind!“, rief sie. „Du bist ja auch schon da!“

Sturmwind drängte sich durch die Menge. Er war sehr groß für sein Alter und gehörte bereits jetzt zu den stärksten Einhörnern der Schule. Höflich nickte er Wolkes Eltern zu.

„... verabschieden wir uns jetzt“, beendete ihr Vater lächelnd seinen Satz. „Wie ich sehe, brauchst du uns nicht mehr.“

„Auf Wiedersehen, Papa!“, sagte Wolke entschuldigend. „Auf Wiedersehen, Mama! Bis bald!“

Ihre Eltern berührten sie sanft mit dem Horn und Wolke spürte das vertraute Gefühl, als ein magischer Schauer sie durchlief. Dann sah sie ihnen nach, wie sie in den Himmel davongaloppierten.

Sie wandte sich wieder Sturmwind zu. „Wie waren deine Ferien?“, fragte sie eifrig.

„Toll“, antwortete Sturmwind. „Aber jetzt freue ich mich sehr, wieder hier zu sein und euch alle wiederzusehen.“

Plötzlich gab es hinter ihnen einen Tumult.

„Lang lebe die Königin!", hörte man eine Stimme rufen.

Wolke und Sturmwind drehten sich rasch um. Das eleganteste Einhorn, das sie jemals gesehen hatten, kam durch die Menge auf sie zu. Es war eindeutig die Königin von Arkadia mit ihrem langen silbernen Horn und dem makellosen weißen Fell. Zwei Elfen in schicken Uniformen begleiteten sie. Neben ihr trabte ein gut aussehender, muskulöser Einhornjunge. Als er Wolke und Sturmwind sah, breitete sich ein strahlendes Lächeln auf seinem Gesicht aus.

„Mondstrahl!", rief Wolke glücklich und trabte zu ihm hinüber. Dann erst fiel ihr wieder ein, was sich gehörte, und sie verbeugte sich eilig vor Mondstrahls Mutter. „Majestät!"

„Wolke", wurde sie von der Königin mit einem Lächeln begrüßt. Dann nickte die Königin Sturmwind zu, der sich ebenfalls verbeugte. „Und Sturmwind. Wie schön, euch zu sehen. Mondstrahl hat sich so über euren Besuch im Palast gefreut. Ihr müsst bald einmal wiederkommen.“ Dann sagte sie noch: „Auf Wiedersehen, mein Schatz.“ Sie berührte Mondstrahl mit ihrem Horn. „Ich muss zurück zum Palast. Wichtige Regierungsgeschäfte. Sei schön brav.“

Als die Königin durch die Menge schritt, wurde sie wieder von Jubel begleitet.

„Toll, dass dich deine Mutter in die Schule gebracht hat“, freute sich Wolke mit Mondstrahl.

Mondstrahl zuckte mit den Schultern. „Sie und Papa haben echt viel zu tun, aber sie versuchen, sich so oft wie möglich Zeit für mich zu nehmen.“

Die Menge wurde immer dichter, als mehr und mehr Einhornschüler ankamen. Wolke sah sich nach Saphira, ihrer besten Freundin, um. Ihr Herz hüpfte vor Freude, als sie das silbrig-weiße Einhornmädchen entdeckte.

Saphira sprach mit einem anderen Einhorn, das Wolke noch nie zuvor gesehen hatte. Sie war zierlich, ihr Fell schimmerte leicht rosig und ihre Mähne wellte sich sanft. Wolke blickte sich suchend um, wo die Eltern der neuen Schülerin waren, aber sie sah nur einen Elfen in einer schmucken Uniform, der offensichtlich in Eile war.

„Saphira!", rief Wolke und fing an zu traben, als sie sich der Freundin näherte. „Willkommen zurück! Ich freu mich ja so, dich zu sehen!"

Saphira war zierlich und sehr hübsch mit einer Mähne, die beinahe den Boden berührte. „Hallo, Wolke!", entgegnete sie herzlich. „Darf ich dir meine Freundin Stella vorstellen?"

„Hallo!“, sagte Wolke und sah das Einhornmädchen an. „Herzlich willkommen in der Einhornschule!“

„Danke“, erwiderte Stella. Sie schüttelte sich die Stirnlocke aus den Augen und sah sich um.

„Also“, drängte der Elf neben ihr. „So weit alles in Ordnung, Miss? Kann ich dann gehen?“

Stella seufzte. „Ich denke schon, Arvin.“

Arvin verbeugte sich knapp und ging schnellen Schrittes davon. Wolke war neugierig. Nur ganz wichtige Einhörner hatten Elfen als Personal. Sie fragte sich, wer Stellas Eltern wohl waren.

Saphira unterbrach ihre Gedanken mit ihrem aufgeregten Geplapper.

„Ich kenne Stella schon ewig“, sprudelte Saphira heraus. „Wir sind praktisch miteinander aufgewachsen, stimmt's?“

„Irgendwie schon“, meinte Stella gelangweilt.

„Aber dann war Stella mit ihren Eltern für ein Jahr weg“, erklärte Saphira weiter. „Deswegen haben wir uns so richtig lange nicht mehr gesehen. Sie war meine beste Freundin“, fügte sie glücklich hinzu.

Wolke hatte ein seltsames Gefühl. War *sie* nicht Saphiras beste Freundin?

„Ich hatte schon befürchtet, sie würde nie mehr zurückkommen“, plapperte Saphira weiter. „Aber jetzt ist sie hier in der Einhornschule! Ist das nicht toll?“

„Super!“, antwortete Wolke und lächelte Stella zu.

Diese aber lächelte nicht zurück, sondern schien sich mehr dafür zu interessieren, ihre Hufe am Gras glänzend zu polieren.

Wolke sah Saphira an. „Und?“, fragte sie begierig. „Wie war der Rest deiner …“

„Können wir später reden?“, wurde sie von Saphira unterbrochen. „Ich möchte unbedingt, dass Stella auch noch Sturmwind und Mondstrahl kennenlernt.“ Sie stupste Stella an. „Komm mit!“, drängte sie. „Sturmwind ist total nett. Und Mondstrahl ist der Prinz von Arkadia, aber er mag es nicht, wenn man darüber redet ...“

Wolke war gekränkt, dass Saphira sie nicht hatte ausreden lassen. Aber dann folgte sie ihr, als sie Stella zu den anderen brachte.

„Weißt du schon, in welchem Haus du wohnen wirst?“, fragte Sturmwind. „Hier in der Einhornschule gibt es vier Häuser: Das Regenbogenhaus, das Sonnenhaus, das Mondhaus und das Sternenhaus.“

„Wir sind alle im Regenbogenhaus“, ergänzte Mondstrahl.

„Keine Ahnung.“ Stella rümpfte die Nase.

Wolke wusste nicht genau warum, aber sie hoffte, dass Stella in einem anderen Haus wohnen würde. Sie war richtig erleichtert, als einer der Elfen am Schultor in sein großes Schneckenhorn blies und damit das Signal gab. Die Einhörner hörten auf zu reden und lauschten gespannt.

Der Elf ließ sein Horn sinken. „Herzlich willkommen zurück an der Einhornschule! Unsere neuen Schüler begrüße ich zu ihrem ersten Schuljahr hier bei uns! Wir hoffen, ihr habt eine schöne Zeit. Die Erstklässler gehen bitte durch das Tor, die anderen stellen sich nach ihren Häusern geordnet vor mir auf.“

Die Schultore schwangen auf und die Erstklässler strömten in den Schulhof. Wolke wusste, dass sie zum Versammlungsplatz liefen, wo das Trihorn – der Leiter der Einhornschule – sie für die Häuser einteilen würde. In Gedanken versunken folgte sie den anderen, die sich für das Regenbogenhaus aufstellten.

Stella blieb zögernd beim Tor stehen.

„Hierher, Stella!", rief Saphira aus der Gruppe des Regenbogenhauses.

„Wir wissen doch gar nicht, ob sie überhaupt zu uns gehören wird", versuchte Wolke einzuwenden.

Da ging ein Raunen durch die Zweitklässler, als ein Einhorn mit einem Horn, das in den Farben Silber, Gold und Bronze gestreift war, und das äußerst weise aussah, durch das Tor schritt.

„Guten Morgen, liebe Einhornschüler", sprach das Trihorn mit tiefer, gebieterischer Stimme. „Wer von euch ist Stella?"

„Das bin ich!", rief Stella.

Das Trihorn lächelte ihr zu. „Nur selten stoßen neue Schüler nach der ersten Klasse noch zu uns. Aber bei dir sind die Umstände

ja etwas anders“, sagte er. Er blickte hinüber zum Regenbogenhaus. „Ich habe gehört, dass du im Regenbogenhaus bereits eine Freundin hast. Stimmt das?“, fragte er. Stella nickte.

„Dann wirst du auch dort wohnen“, verkündete das Trihorn.

Wolke beobachtete, wie das Trihorn mit seinem Zauberhorn sachte Stellas Nacken berührte. Dann schritt er wieder zurück durch das Tor zu den Erstklässlern, die auf dem Versammlungsplatz auf ihn warteten.

Saphira war begeistert. „Stella!“, rief sie. „Komm her zu mir!“

Wolke aber spürte einen Stich der Eifersucht. Sie drängte jedoch ihre unguten Gefühle zurück und ließ Stella mit einem Lächeln in die Reihe neben Saphira. Saphira schmiegte sich an ihre Freundin.

„Hör auf, Saphira!“, entgegnete Stella gereizt. „So toll ist das auch wieder nicht.“

Wolke biss sich auf die Lippe. Sie wusste nicht genau wieso, aber irgendwie war ihr die Freude auf die zweite Klasse vergangen.

2

„Kommt doch!“, rief Saphira Stella und Wolke zu. „Wir wollen unseren neuen Stall suchen!“

Wolke trabte neben Saphira her und hörte zu, wie ihre beste Freundin für Stella alles erklärte.

„Unser Stall ist in den Wolken“, verkündete Saphira. „Siehst du die Erstklässler dort drüben, die durch die Tür in den Turm gehen? Die müssen nach oben laufen, denn sie können noch nicht fliegen. Sie haben ihren Stall in der untersten Wolke.“

„Letztes Jahr brauchten wir immer ewig, bis wir in unserem Stall waren“, erinnerte sich

Sturmwind, der sich ihnen angeschlossen hatte. „Wir mussten auf der Wendeltreppe nach oben klettern, bis wir in den Wolken waren."

„Wir wurden ganz schwindlig davon", erzählte Mondstrahl und lachte.

„Wir Zweitklässler müssen diesen Weg nicht mehr nehmen, seit wir letztes Jahr das Fliegen gelernt haben", erklärte Wolke weiter. Sie hielt inne und sah Stella besorgt an. „Du kannst doch fliegen, oder?"

„Natürlich", antwortete Stella verächtlich. „Ich bin doch nicht blöd."

Wolke zuckte erschrocken zusammen. „Wunderbar", sagte sie dann und zwang sich zu einem Lächeln. „Dann fliegen wir jetzt hoch!"

Wolke galoppierte los und sprang in die Luft. Sie liebte das Fliegen! Sturmwind und Mondstrahl flogen links von ihr, Saphira und Stella rechts von ihr. Wolke konnte Saphiras Stimme hören.

„Ich hoffe, du hast die Box neben mir, Stella ..."

Wolke hatte ein unangenehmes Gefühl in der Magengrube. Sie legte noch an Tempo zu und schon durchflog sie die erste Wolkenschicht. Saphira und Stella landeten als Erste auf der zweiten Wolke.

„Wir sind da!", rief Saphira aufgeregt und galoppierte durch den kurzen flauschigen Wolkentunnel, der zum Stall der Zweitklässler führte. Sie belegte die erste Box auf der linken Seite. „Du kannst die neben mir nehmen!", sagte sie zu Stella und nickte zu der angrenzenden Box hinüber.

„Danke", antwortete Stella. Sie sah sich in dem strahlend weißen Wolkenstall mit den ausgeschnittenen Fenstern und dem flaumweichen Boden um.

„Und, was sagst du?", fragte Saphira gespannt.

Stella zuckte unbeeindruckt mit den Schultern. „Meine Eltern haben auch einen Wolkenstall", erwiderte sie. „Ist doch nichts Besonderes."

Wolke versuchte, sich nicht aufzuregen, und trat in den Stall neben Stella. Im ersten Jahr hatte sie neben Saphira geschlafen. Komisch, dass das in diesem Jahr anders sein sollte. Aber wahrscheinlich war es nicht so wichtig. Sie zupfte ein Büschel Heu aus ihrem Netz, aber es schmeckte wie Pappe.

Nach und nach belegten alle ihre neuen Boxen. Wolke hörte, wie Saphira mit Stella redete.

„Weißt du noch, was wir immer gespielt haben, wenn wir beieinander übernachtet haben?", fragte Saphira.

Wolke reckte den Hals, um Stellas Antwort nicht zu verpassen. Aber diese seufzte nur.

„Ich habe immer gesagt: ‚Bist du wach?'", erinnerte sie Saphira. „Und du hast dann gesagt: ‚Nein!' Und ich habe dich wieder und wieder gefragt und du hast mir wieder und wieder geantwortet. Und dann habe ich dich damit überrascht, dass ich gefragt habe: ‚Schläfst du schon?' Und dann musstest du aufpassen und sagen: ‚Ja!' Wir haben so gelacht!" Saphira schüttete sich vor Lachen aus.

„Das war aber ein blödes Spiel", platzte Wolke heraus. Sie hätte sich selber ohrfeigen können. Sie wusste, dass sie unfreundlich geklungen hatte, aber die Worte waren einfach so aus ihr herausgesprudelt.

„Stimmt", erwiderte Stella. „Aber immerhin waren wir erst fünf."

Wolke biss sich auf die Zunge, um nicht

noch mehr zu sagen. Stella klang eingeschnappt und kurz angebunden, und Wolke wusste, dass sie das verdient hatte. Aber Stella war so wahnsinnig eingebildet! Sie ging Wolke allmählich richtig auf die Nerven, weil sie so cool tat.

Mondstrahl sah Stella über seine Boxenwand prüfend an: „Irgendwie kommst du mir bekannt vor. Haben wir uns schon mal irgendwo gesehen?“

Stella schüttelte den Kopf. „Wahrscheinlich kennst du meine Eltern", meinte sie. „Sie sind Schauspieler. Ich sehe ihnen ziemlich ähnlich."

Sturmwind fragte aufgeregt: „Echt? Wie heißen sie denn?"

Stella kaute in Ruhe ein Büschel Heu, ehe sie antwortete. Mondstrahl und Sturmwind starrten sie gespannt an. Und Wolke war trotz allem auch neugierig.

Stella beendete ihren kleinen Imbiss. Dann antwortete sie: „Silberwind und Aurelia."

Da blieb sogar Wolke die Luft weg. Silberwind und Aurelia waren echte Legenden!

„Das kann nicht sein!", stammelte Sturmwind.

„Aber die sind wahnsinnig berühmt!", meinte Mondstrahl erstaunt.

„Ich weiß", erwiderte Stella bescheiden. „Ich habe irgendwann aufgehört, ihre Preise zu zählen. Vielleicht hast du sie schon einmal persönlich getroffen, Mondstrahl? Sie waren schon ein paar Mal im Palast."

Plötzlich hörte Stella gar nicht mehr auf zu reden. Es ging Silberwind hin und Aurelia her. Wolke blieb nichts anderes übrig, als zuzuhören.

„... meistens verbringen wir unseren Urlaub am Meer. Mama und Papa versuchen so oft wie möglich dem ganzen Rummel zu entfliehen ..."

„Das kann ich gut verstehen." Mondstrahl nickte zustimmend.

Sie sind ihre Eltern, sagte sich Wolke. Es ist verständlich, dass Stella an ihrem ersten Abend an der neuen Schule über sie reden will. Aber Wolke hatte trotzdem den Eindruck, dass Stella mit ihren berühmten Eltern etwas mehr angab, als nötig gewesen wäre.

„Ruhm ist wirklich schrecklich“, meinte Stella und warf ihre Stirnlocke theatralisch zurück. „Ihr könnt euch gar nicht vorstellen, welche Probleme wir mit unseren Elfen haben! Letztes Jahr sind tatsächlich zwei zur Zeitung gegangen und haben dort Geschichten über meine Eltern verkauft! Man weiß gar nicht mehr, wem man noch trauen kann.“

„Furchtbar“, murmelte Sturmwind.

„Ich bekomme natürlich auch viel Aufmerksamkeit“, fuhr Stella fort. Mama und Papa versuchen zwar, mich aus dem Ganzen rauszuhalten, aber das funktioniert nicht wirklich.“

Wolke seufzte traurig und wandte sich ab. Alle konzentrierten sich nur auf Stella, ganz besonders Saphira.

„Gute Nacht“, sagte sie leise und machte es sich in ihrer Box gemütlich. Aber ihre Freunde hörten sie gar nicht. Sie waren so sehr damit beschäftigt, Stellas Erzählungen zu lauschen.

Als Wolke am nächsten Morgen aufwachte, wusste sie zuerst gar nicht, wo sie war. Aber dann sah sie die vertraute hölzerne Boxenwand und ihr fiel alles wieder ein, was am Vortag passiert war. Sie atmete tief durch und beschloss, sich heute mehr um Stella zu bemühen.

„Und wo warst du letztes Schuljahr mit deinen Eltern, Stella?“, versuchte sie beim Frühstück mit ihr ins Gespräch zu kommen, als sich alle Einhörner am Tisch des Regenbogenhauses niederließen und ihre Nasen in die silbernen Futtereimer.

„Meine Eltern waren auf Tournee“, antwortete Stella. „Das war so cool! Sie meinten, es wäre gut für meine Entwicklung, möglichst viel von Arkadia zu sehen.“

„Das war bestimmt ganz toll!“, meinte Sturmwind sehnsüchtig. „Ein ganzes Jahr mit den Eltern unterwegs sein und nur das tun, wozu man Lust hat!“

„Ich hatte natürlich trotzdem Unterricht“, erwiderte Stella mit gerümpfter Nase. „Der größte Unterschied war schon das Herumreisen, aber ich hatte natürlich Privatlehrer für alle Fächer. Mama und Papa wollen nur das Beste für mich. Und ich meine wirklich das Beste!“

„Du hast bestimmt viele aufregende Orte gesehen“, schaltete sich jetzt Saphira ein.

Stella nickte. „Da waren wilde Wälder, Wüsten und Berge, die ganz mit strahlend weißem Eis bedeckt waren. Meine Eltern waren die ganze Zeit ziemlich beschäftigt, aber ich habe wahnsinnig viel gesehen. Einfach fantastisch!“

Und dann erzählte Saphira von dem großen Schulgelände, das Stella noch gar nicht gesehen hatte.

„... es gibt den Pass der Winde und das Meer des Schweigens ... Ach, und – du musst unbedingt mit mir zu den Rosenquarzklippen kommen!"

Wolke wandte sich zu Sturmwind um. „Wie findest du Stella?", fragte sie leise.

Sturmwind sah sie überrascht an. „Sie ist total nett", antwortete er. Dann vertiefte er sich wieder in den Brei in seinem Silbereimer. „Findest du nicht?"

„Sie ist ein bisschen eingebildet", flüsterte Wolke ihm zu.

„Es muss unglaublich sein, Silberwind und Aurelia als Eltern zu haben", seufzte Sturmwind. „Meinst du, sie kommen auch mal zu uns in die Schule? Sie kommen doch bestimmt mal zu Besuch, oder?"

Wolke musste an Arvin denken, Stellas

Elfen. „Sie sind bestimmt schrecklich beschäftigt“, antwortete sie. Plötzlich fiel ihr auf, dass es neben ihr ganz still geworden war. Sie wandte sich um.

„Oh!“, sagte sie überrascht. Die Plätze von Saphira und Stella waren leer. Sie sah zu Mondstrahl hinüber, der gerade seinen Eimer leerte. „Wohin sind denn Saphira und Stella verschwunden?“

„Saphira wollte Stella den Sprechenden Baum und die Rosenquarzklippen zeigen“, antwortete Mondstrahl. „Saphira meinte, wir würden uns ja dann zur ersten Stunde auf der Flugheide treffen.“

Wolke wurde von Enttäuschung überwältigt. Natürlich, sie hätte sich ja denken können, dass Saphira Stella das ganze Schulgelände zeigen wollte.

Aber warum hatte Saphira sie nicht gefragt, ob sie mitkommen wollte?

3

Auf der Flugheide hatte Wolke Probleme, Saphira anzusehen, als diese schließlich mit Stella ankam. Beide waren außer Atem – und etwas zu spät dran. Atlas, ihr Fluglehrer, war nicht begeistert.

„Saphira, du kommst schon in der ersten Stunde zu spät! Das ist kein guter Start ins zweite Schuljahr!“, tadelte er sie scharf.

Saphira ließ den Kopf hängen.

„Und du bist neu hier, aber das ist keine Entschuldigung“, sagte er zu Stella. „Pünktlichkeit wird an der Einhornschule sehr ernst genommen. Ich hoffe, du hältst dich in Zukunft daran.“

„Entschuldigung“, murmelte Stella mürrisch. „Wird nicht mehr vorkommen.“

Wolke beobachtete, dass Stella eine Grimasse schnitt, sobald Atlas ihr den Rücken zugedreht hatte. Saphira kicherte. Wolke warf ihr einen ernsten Blick zu, aber Saphira hatte sie entweder nicht bemerkt oder beachtete sie einfach nicht.

„Also, dann fangen wir jetzt an“, unterbrach Atlas Wolkes Grübeleien. „Ich hoffe, ihr habt die Flugtechniken nicht verlernt, die ich euch letztes Jahr beigebracht habe. Stella, zeig uns doch mal, was du so kannst.“

Wolke sah zu, wie Stella nach oben schoss. Sie ließ sich zweimal im Sturzflug fallen, dann blieb sie mitten in der Luft stehen. Die Einhornschüler schnappten nach Luft, als sie eine äußerst komplizierte Figur vorführte. Stella war wirklich ausgezeichnet im Fliegen.

Atlas' Ärger war verraucht und er zeigte sich begeistert. „Großartig!", lobte er, als Stella leicht wie eine Feder wieder landete. „Herzlich willkommen in meiner Klasse. Es ist eine Freude, dir zuzusehen!"

Neid nagte an Wolke, besonders als sie sah, wie das neue Einhorn von den anderen umringt und beglückwünscht wurde. Sie hatte heimlich gehofft, dass das kleine, rosa schimmernde Einhorn im Fliegen nicht gut sein würde. Aber das war offensichtlich nicht der Fall.

„Das war große Klasse!", lobte Mondstrahl und stupste Stella an. „Sogar besser als ich!"

„Hört, hört! So ein Kompliment von Mondstrahl!", meinte Sturmwind mit einem Grinsen. „Immerhin ist er in unserer Klasse der Beste!"

„Ich kann gar nicht glauben, dass du das in einem Jahr gelernt hast!", rief Saphira.

„Vielen Dank", antwortete Stella bescheiden. „Ich habe viel trainiert, als ich mit meinen Eltern unterwegs war."

Wolke ließ sich von all dem Lob, das Stella bekam, so ablenken, dass sie sich selbst gar nicht mehr konzentrieren konnte. Atlas schimpfte zwei Mal mit ihr, weil sie beim

Fliegen zu wenig Abstand zu den anderen einhielt. Und dreimal gelang ihr die Landung nicht richtig. Sie war heilfroh, als die Stunde zu Ende war und Atlas sie gehen ließ.

Wolke sauste von der Flugheide, ohne auf die anderen zu warten. Schon nach einer Schulstunde hatte sie genug von Stella.

Wenigstens ist als Nächstes das Zaubern dran, dachte sie. Der Gedanke daran heiterte sie wieder ein bisschen auf. Im Zaubern war sie wirklich gut!

Dummerweise war Stella im Zaubern auch sehr gut.

„Wir zaubern heute Regenbogenbrücken", verkündete Damaris, die zierliche Zauberlehrerin mit dem grauen Fell, als sich die Einhörner auf dem Zauberfeld versammelt hatten. „Sie müssen so stabil sein, dass ihr darüberlaufen könnt. Berührt mit eurem

Horn das hellste Fleckchen Sonnenschein, das ihr finden könnt. Dann konzentriert euch ganz und gar auf die Brücke, die ihr erschaffen wollt. Los geht's! "

Wolke entdeckte einen Fleck aus wunderbar goldenem Licht. Sie richtete ihr Horn darauf und konzentrierte sich ganz fest. Beim Zaubern musste man immer an schöne Dinge denken, dann funktionierte es besser. Das Licht brach sich in die sieben Farben des Regenbogens. Mit ihrem Horn zog Wolke die Farben in einen Bogen. Schließlich hatte sie es geschafft, eine stabile kleine Brücke zu bauen, die in den verschiedenen Farben schimmerte. Sie trabte darüber, dann sah sie sich triumphierend um.

Doch Damaris und ihre Mitschüler waren damit beschäftigt, Stellas Regenbogenbrücke zu bewundern. Sie war zweimal so lang und doppelt so strahlend wie die von Wolke.

„Einfach toll!“, rief Damaris, als Stella über ihre Brücke trabte. Die anderen Einhörner jubelten und trampelten mit den Hufen.

Wolkes Stimmung verschlechterte sich weiter. Stella war in allen Fächern sehr gut. Und zu allem Überfluss hatte sich inzwischen die Nachricht, wer ihre Eltern waren,

wie ein Lauffeuer in der ganzen Schule verbreitet. Beim Abendessen war der Tisch des Regenbogenhauses umringt von neugierigen, bewundernden Einhörnern.

„Stella, stimmt es, dass Aurelia deine Mutter ist?“

„Silberwind ist mein Lieblingsschauspieler …“

„Wie sind die beiden denn so?“

„Werden sie dich mal in der Einhornschule besuchen kommen?“

Wolke konzentrierte sich auf ihr Essen – Gerste, Hafer und Karotten. Zweimal hatte sie schon versucht, mit Saphira zu sprechen, aber die hatte immer nur „Pscht!“ gemacht.

„Du bist so still“, sagte Sturmwind plötzlich zu Wolke. Erschrocken machte sie einen Satz. Stella berichtete der lauschenden Menge gerade, wie viele Ställe ihre Eltern hatten.

„Mir geht’s gut“, log Wolke. Lustlos schob

sie ihre Karotten mit der Nase im Eimer herum.

„Alles in Ordnung mit dir und Saphira?“, fragte Sturmwind.

Wolke schnaubte traurig. „Ich weiß nicht“, antwortete sie. „Saphira hat ja kaum mit mir gesprochen, seit wir wieder da sind.“

Ganz unerwartet erschien das Trihorn. Mit einem Klopfen seines goldenen Hufes brachte er das Stimmengewirr sofort zum Verstummen.

„Ich freue mich, euch mitteilen zu können, dass es in drei Wochen einen Talentwettbewerb geben wird“, verkündete das Trihorn. „Wir werden auch alle Eltern dazu einladen. Wer mitmachen möchte, trägt sich bitte morgen beim Sprechenden Baum in die ausgehängte Liste ein. Ich hoffe auf großes Interesse und reges Üben. Das wird ein wundervoller Abend für uns alle.“

Aufgeregtes Durcheinanderreden folgte auf seine Ankündigung.

„Ein Talentwettbewerb!“, wieherte Saphira aufgeregt. „Ich werde ein Lied singen.“

„Und ich werde fliegen“, beschloss Mondstrahl.

„Ich könnte etwas zaubern“, überlegte Sturmwind.

„Was ist mit dir?“, fragte Saphira.

Wolke hatte schon den Mund geöffnet, um Saphira zu erzählen, dass sie plante, bunte Sterne zu zaubern, wie sie es damals für Saphiras Geburtstag gemacht hatte. Doch dann merkte sie, dass Saphira mit Stella sprach, und sagte lieber nichts.

„Ich werde bunte Sterne zaubern, das ist meine Spezialität!“, antwortete Stella begeistert.

Ein Elf gab mit seinem Horn das Signal zum Ende des Abendessens. Die Einhörner trabten aus dem Speisesaal, schwatzten und tauschten Ideen für den Talentwettbewerb aus.

Wolke lief schweigend neben Sturmwind her. Niemand hatte sie gefragt, was sie für den Talentwettbewerb vorhatte. Sie war sich gar nicht sicher, ob sie sich überhaupt anmelden wollte. Wenn Stella Sterne zauberte, dann konnte sie nicht dasselbe machen. Sie war so in Gedanken versunken, dass sie Saphira zunächst gar nicht hörte.

„Stella und ich gehen jetzt in den Stall. Will jemand mitkommen?", fragte Saphira. „Wolke? Was ist mit dir?"

Doch Wolke schüttelte den Kopf. „Nein, danke. Ich werde noch einen Spaziergang machen."

Wolke fühlte sich ganz komisch, als sie so alleine vor sich hin trabte. Aber sie brauchte

Ruhe zum Nachdenken. Sollte sie bei dem Talentwettbewerb mitmachen? Sie würde sich etwas überlegen müssen, das niemand von den anderen zeigen wollte. Hätte ich wegen der Sterne nur gleich etwas gesagt, dachte sie niedergeschlagen. Sie konnte durchaus verstehen, warum sich Saphira so für Stella begeisterte. Verglichen mit ihr war sie selbst ziemlich langweilig.

Hoppla! Jetzt wäre sie beinahe mit einem Einhornjungen zusammengestoßen, der um die Ecke kam. Er hatte lange dunkelgraue Beine und ein boshaftes Funkeln in den schwarzen Augen. Es war Oriel, ein Viertklässler, der dafür bekannt war, dass er viel Blödsinn im Kopf hatte.

„Pass auf, wo du hinläufst, Zwerg!“, rief Oriel.

„Nenn mich bloß nie wieder Zwerg!“, gab Wolke wütend zurück. Sie war zwar klein für ihr Alter, aber sie konnte es überhaupt nicht leiden, wenn man sie deswegen aufzog.

„Hey, entspann dich, Wolke!“, entgegnete Oriel und trabte neben ihr her. „Kleiner Spaß. Übrigens habe ich dich gesucht.“

„Wieso?“, fragte Wolke misstrauisch. „Damit du mich noch mehr ärgern kannst?“

Oriel schüttelte den Kopf. „Ich habe eine Aufgabe für dich“, meinte er geheimnisvoll.

„Eine Aufgabe? Was für eine Aufgabe?“, wollte Wolke plötzlich wissen.

„Du weißt doch, dass ich jetzt für die Schülerzeitung arbeite, oder?“, fragte Oriel. „Hättest du Lust, unsere neue Kummerkastentante zu sein?“

„Ist das dein Ernst?“, rief Wolke. „Ich?“ Bei Oriel konnte man nie so genau wissen.

„Ja, das meine ich ausnahmsweise ernst“, sagte Oriel lachend. „Du hast ein Talent dafür, Probleme zu lösen. Du hast im letzten Jahr so vielen Mitschülern geholfen. Also, warum machst du das nicht einfach ganz offiziell?“

Wolke wurde von Aufregung gepackt. Sie sollte anderen Schülern in ihren Sorgen beistehen! Vielleicht wäre das genau das Richtige, um sie von ihren eigenen Problemen abzulenken.

„Also gut“, sagte sie sofort. „Was soll ich tun?“

4

Oriel hüpfte triumphierend in die Luft. „Super!", wieherte er. „Am besten kommst du gleich mit, dann zeige ich dir, wo wir die Zeitung machen."

Zum ersten Mal seit ihrer Rückkehr in die Einhornschule war Wolke wieder glücklich. Sie wusste, dass das richtig interessant werden würde. Auf das Büro der Zeitung war sie total gespannt. Erwartungsvoll trabte sie hinter Oriel her, über den Schulhof und durch eine Tür, die sie nie zuvor bemerkt hatte.

„Da sind wir", verkündete Oriel stolz.

Wolke sah sich neugierig um. In dem Raum standen große Tische und an allen Wänden hingen Zeitungsausschnitte. Zwei ältere Einhörner musterten sie voller Interesse.

„Das ist Diana“, erklärte Oriel und deutete mit seinem Horn auf ein cremefarbenes Einhorn an einem der Tische. „Und das da drüben in der Ecke ist Leander.“ Leander war silbrig weiß und schon fast ausgewachsen. Wolke hielt ihn für einen Sechstklässler.

„Darf ich vorstellen: Wolke, unsere neue Kummerkastentante!“

„Cool“, meinte Diana.

„Herzlich willkommen bei unserer Zeitung“, sagte Leander.

Oriel trabte durch den Raum. „Hier haben wir unser Archiv“, erläuterte er und zeigte Wolke einen kleinen Raum, der mit alten Zeitungen vollgestopft war. „Sehr hilfreich, wenn man eine alte Geschichte nachlesen muss. Diana sitzt an dem Tisch, wo wir unsere Artikel schreiben.“

Diana hatte ihr Horn auf ein Stück Papier gerichtet, das vor ihr auf dem großen Tisch lag. Wolke beobachtete gespannt, wie sich die Seite auf zauberhafte Weise mit Worten füllte.

„Wenn wir unsere Artikel geschrieben haben, geben wir sie an Leander weiter“, erklärte Oriel. „Er ist gerade dabei, die Ausgabe dieser Woche zu drucken.“

Vor Leander türmten sich Unmengen von Papier auf. Er berührte es mit seinem Horn. Sofort wirbelte das Papier durch die Luft und stapelte sich in eine große Maschine, die in einer Ecke stand. Plötzlich hörte man ein Dröhnen und ein metallisches Geräusch. An einer Seite der Maschine begann sich eine Reihe von Zahnrädern wirbelnd zu drehen. Und am anderen Ende kamen perfekt gedruckte und gebundene Zeitungen heraus, die sich ordentlich aufstapelten. Leander

berührte die fertigen Zeitungen mit seinem Horn und sie flogen davon wie ein Vogelschwarm.

„Jetzt werden sie in der ganzen Schule verteilt“, erklärte Oriel weiter. „Wahrscheinlich wartet deine Ausgabe bereits in deiner Box auf dich. Und, was sagst du?“ Erwartungsvoll sah er Wolke an.

„Es ist großartig!“, erwiderte Wolke begeistert. „Ich muss jetzt zurück in meinen Stall, aber ich komme bald wieder. Gibt es schon irgendwelche Briefe?“

„Ich habe gerade den letzten Brief für die aktuelle Ausgabe beantwortet“, wurde sie von Diana informiert. „Aber da kommen bestimmt bald wieder welche.“

Wolke verabschiedete sich und eilte davon. Sie war ganz erfüllt von den Dingen, die sie gesehen hatte. Als sie emporschnellte und in ihren Wolkenstall hinaufflog, überlegte sie, was für Briefe sie wohl bekommen und wie sie mit einem Rat helfen würde. Sie konnte den nächsten Tag kaum erwarten.

Als sie den Stall betrat, schoss ein wunderschöner Sternenregen in allen Farben auf Wolke herunter. Sie zog den Kopf ein.

„Uups!“, kicherte Stella. „Tut mir leid, Wolke. Alles in Ordnung?“

Wolke atmete tief durch und antwortete: „Schon gut.“

„Wolke, ich werde bei dem Talentwettbewerb das Lied singen, mit dem ich als Dornröschen aufgetreten bin. Was meinst du dazu?“

„Super“, antwortet Wolke. Sie sah sich um und hoffte, dass sich irgendjemand erkundigen würde, wo sie gewesen war. Sie hatte das Gefühl zu platzen, wenn sie nicht sofort von ihrer neuen Aufgabe bei der Schülerzeitung erzählen konnte. Aber niemand fragte sie. Wolke seufzte.

„Wo ist Mondstrahl?“, fragte sie.

„Er ist noch beim Fliegen und trainiert für den Wettbewerb.“

Wolke sah in Sturmwinds Box. „Was machst du da?“

„Ich versuche das da zu verzaubern.“ Sturmwind zeigte auf eine Karotte am Boden. „Ich habe sie vom Abendessen aufgehoben, weil ich damit für meinen Auftritt üben wollte.“ Mit einem Stirnrunzeln sah er die Karotte an. „Aber irgendwie funktioniert es nicht“, fügte er hinzu.

Wolke starrte die Karotte an. Verzaubert sollte sie eigentlich glitzern. Doch sie sah einfach nur wie eine Karotte aus. „Das wird schon. Du musst nur noch ein bisschen mehr üben“, sagte sie sanft zu ihm. Sturmwind schien sich zu freuen.

Und immer noch hatte niemand gefragt, wo Wolke gewesen war.

Na schön, dachte Wolke verärgert, als Mondstrahl in den Stall geflogen kam und von allen gefragt wurde, wie sein Flugtraining war. Wenn sie es nicht wissen wollen, dann erzähle ich es ihnen auch nicht. Dann ist es eben mein Geheimnis. Und schon fühlte sie sich wieder ein bisschen besser.

Der nächste Morgen brach hell und klar an. Wenn man nach der Menge an Einhörnern ging, die sich um den Sprechenden Baum drängte, dann wollte offensichtlich die ganze Schule an dem Talentwettbewerb teilnehmen.

„Machst du auch mit, Wolke?“, fragte Sturmwind, als es die Zweitklässler schließlich nach vorne geschafft hatten.

Wolke hatte beim Frühstück noch einmal über den Wettbewerb nachgedacht. Ja, sie wollte auch mitmachen. Und sie würde sich von ihren Problemen mit Stella nicht daran hindern lassen.

„Ja, und ich werde auch einen Sternenregen zaubern“, antwortete sie und warf Stella einen nervösen Blick zu.

Zu ihrer großen Überraschung wirkte Stella erfreut. „Wunderbar! Saphira hat mir schon erzählt, wie toll deine Sterne bei ihrem Geburtstag letztes Jahr waren.“

Wolke sah sie überrascht an. Saphira hatte Stella von ihr erzählt?

„Wir können doch zusammen üben“, schlug Stella vor. „Ich hoffe sehr, dass wir beide Erfolg haben.“

Wolke war verblüfft. Stella war ja richtig nett zu ihr! Wieso denn das? Hatte Wolke sie vielleicht falsch eingeschätzt?

„Du brauchst aber gar nicht mehr viel zu üben“, stellte Wolke fest. Sie hoffte, dass sie nicht sarkastisch klang. „Ich meine, immerhin bist du ja schon sehr gut.“

Stella zuckte mit den Schultern. „Das bin ich auch nur, weil ich daheim so viel geübt habe. Das ist manchmal ganz schön langweilig …“

Stella brach plötzlich ab. Wolke sah sie überrascht an. Hatte ihr Stella etwas anvertrauen wollen und es dann doch nicht ausgesprochen? In Stellas Leben konnte es unmöglich langweilige Stunden geben, oder?

5

Die nächsten Tage vergingen wie im Flug, da jeder damit beschäftigt war, für den Talentwettbewerb zu üben. Wolke und ihre Freunde gingen dazu auf die Mondscheinwiese, wo die Einhörner auch sonst ihre Freizeit verbrachten. Über ihnen schoss Mondstrahl vergnügt durch den blauen Himmel. Sturmwind verzauberte wilde Blümchen, bis sie blitzten und funkelten. Und Wolke und Stella arbeiteten gemeinsam an ihrem Sternenzauber.

„Wenn du den Kopf so zurückwirfst, schaffst du noch mehr Sterne", meinte Stella zu Wolke und zeigte ihr, was sie meinte.

Ein ganzer Wasserfall aus Sternen ergoss sich aus ihrem glitzernden Horn.

Wolke wusste, dass Stella ihr nur helfen wollte. Aber sie musste dauernd daran denken, dass ihre Sterne niemals so schön sein würden wie die von Stella. Noch während sie das dachte, missglückten ihre Sterne und verloschen viel zu früh.

„Na, komm schon! Du kannst es“, ermutigte Stella sie und versprühte erneut einen wunderbaren Bogen aus Sternen.

„Deine Sterne sind einfach prächtig!“, rief ein älteres Einhorn Stella bewundernd zu. „Deine Eltern finden sie bestimmt auch ganz toll!“

„Ich habe sie für Mama und Papa immer auf ihren Festen gezaubert“, antwortete

Stella und warf ihren Kopf wieder zurück. Dieses Mal strömten funkelnde rote Herzen aus ihrem Horn. „Die hier habe ich letztes Jahr auf ihrem Ball zum Valentinstag vorgeführt."

Schon wieder Silberwind und Aurelia, dachte Wolke mit einem Seufzen. Sie warf den Kopf ungeduldig hin und her. Ein paar schiefe Sterne purzelten heraus und fielen auf den Boden.

Da kam Saphira auf die Mondscheinwiese galoppiert. „Tut mir leid, dass ich so spät dran bin", japste sie. „Ich hatte ganz vergessen, meine Hausaufgabe für Heilkunde zu machen, weil ich in letzter Zeit so viel für mein Singen geübt habe. Hey, das sind aber tolle Sterne, Wolke!"

„Die habe ich nicht gemacht“, erwiderte Wolke. Sie blickte traurig auf zu den flammend gelben und orangen Sternen, die Stella gerade gezaubert hatte. „Die sind von Stella.“

„Oh“, meinte Saphira verlegen. „Aber deine sind bestimmt genauso schön.“

Wolke hob ihr Horn. Ein paar blassgelbe Sterne rieselten heraus. „Nein“, seufzte sie. „Sind sie leider nicht.“

Stella sah sie an, als wollte sie noch etwas sagen. Aber Wolke hatte gerade Diana auf der anderen Seite der Mondscheinwiese entdeckt. Das cremeweiße Einhorn bedeutete Wolke, schnell zu kommen.

„Du, ich muss jetzt los“, sagte Wolke hastig. Sie hatte ihren Freunden immer noch nichts davon erzählt, dass sie jetzt als Kummerkastentante bei der Schülerzeitung arbeitete.

Saphira sah sie enttäuscht an. „Aber ich

bin doch gerade erst gekommen. Du warst diese Woche so oft verschwunden."

„Tut mir leid", meinte Wolke und galoppierte auch schon los. „Wir sehen uns dann im Unterricht".

„Wir haben einen ganzen Sack mit Briefen bekommen, die du dir ansehen musst", erzählte Diana, als Wolke bei ihr war. „Die Zeitung geht bald in Druck, also haben wir nicht mehr viel Zeit."

Wolke galoppierte von der Mondscheinwiese über den Hof und durch die Tür in die Zeitungsredaktion. Der erste Brief, den sie aus dem Sack nahm, war auf tränenverschmiertes Papier geschrieben und ohne Unterschrift. Wolke las ihn sorgfältig.

„Ich wünschte, meine Eltern würden mich fester lieb haben. Aber sie sind immer so beschäftigt, dass sie gar keine Zeit für mich haben. Ich glaube nicht, dass ich ihnen wirklich wichtig bin. Ich bin so einsam und ich hasse es, mich so schlecht zu fühlen. Was soll ich nur tun?“

Wolke drängte ihre eigenen Probleme zurück und dachte darüber nach, was sie antworten könnte. Nach fünf Minuten beugte sie sich über eine leere Seite.

Lieber Leser,
es tut mir leid zu hören, dass du wegen deiner Eltern so unglücklich bist. Du musst versuchen, mit ihnen über deine Gefühle zu sprechen. Hast du sie zum Talentwettbewerb eingeladen? Wenn du ihnen sagst, wie sehr du dir wünschst, dass sie kommen, dann tun sie das bestimmt auch. Manchmal brauchen sogar Eltern ein paar deutliche Worte!

Wolke war mit ihrer Antwort zufrieden. Sie berührte beide Briefe mit ihrem Horn und schickte sie auf diese Weise hinüber zu Leanders Schreibtisch.
Ich werde die beste Kummerkastentante, die die Zeitung jemals hatte, beschloss sie, während sie den nächsten Brief aus dem

Sack holte. Jetzt brauchte sie nur noch für sich selbst einen guten Rat, wie sie sich wegen Saphira und Stella verhalten sollte.

Seit Wolke bei der Schülerzeitung arbeitete, vergingen die Tage wie im Flug. Sie war beschäftigt mit dem Unterricht und dem Üben für die Talentshow. Außerdem gab es bei der Zeitung immer etwas zu tun. So sah sie Saphira und die anderen nur noch selten.

„Warum läufst du eigentlich immer gleich wieder weg, wenn wir kommen?“, fragte Sturmwind eines Tages geradeheraus.

Wolke murmelte etwas von ihren Hausaufgaben und trabte davon. Sie wusste, dass sie ihren Freunden eigentlich erzählen sollte, was sie machte. Aber ihr machte die Arbeit so viel Spaß, dass sie das Ganze für sich behalten wollte. Inzwischen hatte sie schon zwanzig Briefe beantwortet und alle waren veröffentlicht worden. Es war ein großartiges Gefühl, die eigene Arbeit gedruckt zu sehen. Und an diesem Erfolg wollte sie sich ganz allein erfreuen. Außerdem würde Stella sich bestimmt nur über sie lustig machen.

„Hört euch mal diesen Brief an!", rief Saphira, als sie eines Abends im Wolkenstall die Schülerzeitung las. „Ich habe Probleme mit dem Fliegen. Gibt es einen Zauber, der mir helfen kann?"

Sturmwind spitzte die Ohren. „Dem geht's wie mir in der ersten Klasse", meinte er. „Und was wird ihm geraten, Saphira?"

Wolke lächelte still vor sich hin, als Saphira die Antwort las.

„Verlasse dich auf keinen Fall auf einen Zauber! So etwas kann ganz schön schiefgehen! Glaube an dich, dann schaffst du es!"

„Guter Rat", lobte Mondstrahl.

„Klingt, als ob die Kummerkastentante deine Geschichte kennt, Sturmwind!“, sagte Saphira mit einem Lachen.

„Was ist denn damals passiert?“, fragte Stella.

Sturmwind lächelte verlegen. „Ich habe einen Zauber benutzt, der mir beim Fliegen helfen sollte. Doch es stellte sich heraus, dass er mir kein Glück brachte, sondern verflucht war.“

Alle zuckten zusammen. Wolke erinnerte sich nur zu gut an diesen Tag. Sie hatten sich alle so lange im Kreis gedreht, bis ihnen schwindlig war!

„Ich mag die Seite mit den Briefen“, sagte Mondstrahl. „Das sind immer lustige Geschichten.“

„Die Probleme anderer Leute sind nicht lustig“, wies ihn Wolke scharf zurecht. Sie musste an den allerersten Brief denken, den sie bearbeitet hatte. Der Absender hatte sich richtig elend angehört. Wolke hoffte, dass ihr Rat geholfen hatte.

„Gute Nacht allerseits." Sturmwind ließ sich gähnend in seiner Box nieder.

„Aber es ist doch noch so früh!", beschwerte sich Mondstrahl.

„Morgen ist der Talentwettbewerb!", erinnerte ihn Saphira, die sich ihr Strohbett mit der Nase zurechtschob. „Ich freue mich schon so auf meine Eltern. Das wird alles ganz toll! Aber wir brauchen alle unseren Schlaf, sonst können wir morgen nur unser Talent im Schnarchen unter Beweis stellen."

6

Der nächste Morgen war klar und sonnig. Das Schulgelände war voller Einhörner, die zwischen den Unterrichtsstunden noch mal schnell üben wollten, und die Luft sprühte vor Magie.

„Pass doch auf, Saphira!“, schimpfte Gloria, die Geschichtslehrerin, in der letzten Stunde des Tages.

„Ich bin viel zu aufgeregt, um mich konzentrieren zu können“, flüsterte Saphira Wolke und den anderen zu.

„Ich verstehe das total“, antwortet Stella. „Ich habe in der ersten Reihe für Mama und Papa Plätze reserviert. Ich freu mich so darauf, sie zu sehen und ihnen meinen Sternenregen vorzuführen!"

„Silberwind und Aurelia kommen also wirklich?", rief Sturmwind aufgeregt.

Stella nickte stolz. „Sie haben am anderen Ende von Arkadia noch einen wichtigen Auftritt, aber sie kommen direkt danach hierher."

„Und was ist mit dir, Mondstrahl?", fragte Wolke. „Können deine Eltern heute Abend dabei sein?"

Mondstrahl sah von seinem Geschichtsbuch auf, in das er abwesend gekritzelt hatte. „Ich denke schon", meinte er. „Aber ich kann mir nie sicher sein, bis zur letzten Minute nicht."

„Das ist bestimmt furchtbar", sagte Stella ernst.

„Ach, ich bin das gewohnt", meinte Mondstrahl mit einem Achselzucken. „Wenn es irgendwie möglich ist, dann kommen sie."

Das Tuten des Muschelhorns, das das Ende des Unterrichts bedeutete, wurde von den Einhörnern mit lautem Jubel begrüßt. Wolke konnte durch das Fenster beobachten, wie die Schüler alle zum Versammlungsplatz strömten, um für den Talentwettbewerb einen möglichst guten Platz zu finden.

„Keinen Augenblick zu früh“, seufzte Gloria und säuberte die Tafel mit einer Bewegung ihres Horns. „Anscheinend bin ich die Einzige hier, die sich noch konzentrieren kann!“

Aufgeregt trabte Wolke mit ihren Freunden aus dem Klassenzimmer. Gleich würde sie ihre Eltern sehen! Sie hoffte so sehr, dass sich das Üben gelohnt hatte. Sie überwand sich und lächelte Stella aufmunternd an. Immerhin hatte sie viel Zeit damit verbracht, Wolke bei ihrem Sternenzauber zu helfen. Und Wolke hatte hart an sich gearbeitet,

um nicht auf Stellas Freundschaft mit Saphira oder wegen ihrer endlosen Geschichten über ihre berühmten Eltern eifersüchtig zu sein. Meistens war es ihr gelungen.

„Hey, wartet mal!“

Wolke wandte sich um und sah Oriel, der

zu ihnen getrabt kam. Wolke hielt den Atem an. Hoffentlich würde Oriel nicht vor den anderen erwähnen, dass sie die Kummerkastentante der Schülerzeitung war. Aber Oriel wollte mit Stella sprechen.

„Meinst du, es besteht die Möglichkeit, dass wir deine Eltern für die Schülerzeitung interviewen?“, fragte Oriel.

Stella blähte die Nüstern. „Normalerweise geben sie keine Interviews“, meinte sie.

„Aber du könntest sie doch fragen, oder?“, bettelte Oriel. „Bitte, Stella. Wenn ich heute mit ihnen sprechen könnte, dann würde das Interview nächste Woche in der Schülerzeitung erscheinen. Das wäre der absolute Knaller!“

„Natürlich frage ich sie“, erwiderte Stella und verdrehte die Augen.

„Danke!“, wieherte Oriel und machte einen Freudensprung. „Du bist die Beste!“

Die Menge wurde immer dichter, aufgeregte Stimmen waren zu hören. Alle Einhörner schauten immer wieder zu Stella hinüber. Anscheinend hatte es sich inzwischen herumgesprochen, dass Silberwind und Aurelia zu dem Talentwettbewerb kommen würden.

„Mama!“, wieherte Wolke und drängte sich durch die Menge, wo überall Einhornschüler ihre Eltern begrüßten. „Papa! Wie schön, dass ihr da seid!“

Wolke begleitete ihre Eltern zu ihren Plätzen. Sie hatte Saphira entdeckt, die mit ihrem Vater sprach, und auch Sturmwinds Eltern waren gekommen. Aber von Silberwind und Aurelia war noch nichts zu sehen.

„Alle Einhörner bitte auf ihre Plätze!“, rief ein Elf. „Die Vorführung beginnt in fünfzehn Minuten!“

Wolke kribbelte es im Bauch, als sie gemeinsam mit den anderen hinter die Bühne trabte.

„Sind deine Eltern gekommen?“, fragte Saphira ihre Freundin Stella.

„Noch nicht“, antwortete Stella. „Wahrscheinlich kommen sie erst, wenn die Lichter ausgegangen sind. Sie wollen keinen Wirbel verursachen.“

Wolke sah Mondstrahl fragend an. „Und was ist mit dir?“

Mondstrahl schüttelte den Kopf. „Es hat sich herausgestellt, dass meine Eltern heute Abend unabkömmlich sind. Dafür ist meine Schwester gekommen.“

„Oh!“ Wolke stupste ihn sanft an. „Das tut mir wirklich leid. Wahrscheinlich bist du jetzt schrecklich enttäuscht.“

Plötzlich fiel Wolke etwas ein: Stammte der Brief über die Eltern, die nie Zeit hatten, etwa von Mondstrahl?

„Und du hast bestimmt kein Problem damit, dass deine Eltern die Show verpassen?“, fragte sie vorsichtig nach.

Mondstrahl sah Wolke mit gerunzelter Stirn an: „Natürlich habe ich kein Problem damit“, meinte er. „Ich bin das doch gewohnt. Alles in Ordnung mit dir?“

Noch ehe Wolke ihn wegen des Briefes fragen konnte, wurde es still. Die Vorführung würde gleich beginnen. Wolke drängte sich nach vorne und lugte durch den Vorhang. Trotz allem war sie neugierig, ob Silberwind und Aurelia inzwischen gekommen waren.

„Zurück!“, wurde sie von einem Elfen streng ermahnt. „Sturmwind, du bist der Erste!“

Wolke wandte ihre Aufmerksamkeit jetzt ganz der Bühne zu. Sturmwind wirkte nervös, als sich der Vorhang hob und Beifall erklang.

„Ich werde jetzt die Vögel von den Bäumen zaubern“, verkündete Sturmwind, als es wieder ruhig wurde.

Ein Schwarm von winzig kleinen Vögeln flatterte von einem nahen Baum und umschwirrte Sturmwind, während die Menge jubelte. Sturmwind errötete vor Freude und beugte stolz den Kopf, um den Applaus entgegenzunehmen.

Es folgten verschiedene Zaubervorstellungen von älteren Einhörnern.

„Mondstrahl?“, rief ein Elf. „Du bist als Nächster an der Reihe!“

Mondstrahl trabte auf die Bühne. Man hörte das Publikum raunen, als er loslegte und kraftvoll über den Köpfen der Zuschauer flog.

„Mondstrahl ist toll!“, flüsterte Saphira Wolke zu. „Zu schade, dass seine Eltern ihn nicht sehen können.“

„Finde ich auch“, stimmte Wolke zu. Dann sah sie sich nach Stella um. Aber ausnahmsweise war das rosige Einhorn nicht an Saphiras Seite.

Saphira fragte Wolke verlegen: „Bist du aufgeregt?“

Wolke nickte. „Und was ist mit dir?“

Saphira scharrte mit den Hufen. „Ja“, gab sie zu. „Ich habe solche Angst, dass ich den Text vergessen könnte!“

„Aber du kennst das Lied doch wirklich in- und auswendig“, beruhigte Wolke sie. „Denk einfach daran, wie gut du damals bei dem Theaterstück warst.“

„Danke, Wolke!“ Saphira lächelte ihr zu. „Du schaffst es immer, mich aufzubauen.“

Wolke starrte ihre beste Freundin an. Sie hatten schon ewig nicht mehr so vertraut miteinander geredet.

„Saphira ...“, setzte sie an.

Doch in diesem Moment brandete Applaus auf, was bedeutete, dass einer der Drittklässler seine Regenbogenbrücke vollendet hatte.

„Wolke? Schnell, auf die Bühne!“, hörte sie eine Stimme.

Da blieb keine Zeit mehr für Lampenfieber. Sie sah sich ein letztes Mal nach Saphira um, dann trabte Wolke auf die Bühne. Im hinteren Teil des verdunkelten

Zuschauerraumes konnte sie ihre Eltern erkennen.

„Ich werde jetzt einen Sternenregen zaubern!“, verkündete sie mit klarer Stimme.

Die Einhörner stampften begeistert mit den Hufen, als Wolke die ersten Sterne regnen ließ. Wie bunte Edelsteine sprudelten sie aus der Spitze ihres Hornes: rot, blau und orange – ihre Sterne funkelten und leuchteten wunderschön.

„Du hast dich selbst übertroffen, so gut sind sie dir noch nie gelungen!“, lobte Sturmwind, als Wolke von der Bühne trabte.

„Danke!“ Wolke strahlte ihn an. Dann sah sie sich nach Saphira um. Sie war gespannt, wie der Freundin ihre Vorstellung gefallen hatte.

Aber Saphira sprach mit Stella. Wolke fühlte wieder einen Stich der Eifersucht. Konnte Saphira Stella nicht für eine Minute alleine lassen – wenigstens um Wolke zu gratulieren?

Stella schien irgendwie Angst zu haben. Langsam betrat sie die Stufen zur Bühne. Wolke runzelte die Stirn. Stellas Horn funkelte nicht so hell wie sonst. Überrascht sah sie zu, wie die ersten Sterne mit einem Zischen auf den Bühnenboden fielen. Durch das Publikum ging ein Raunen. Einen Moment lang vergaß Wolke, wie eifersüchtig sie immer auf Stella gewesen war.

„Los, Stella! Du kannst es!“, feuerte sie Stella an.

Stella ließ den Kopf hängen. Blassblaue Sterne rieselten wie Tränen aus ihrem Horn und bildeten eine Pfütze auf dem Boden.

„Was ist nur los mit ihr?“, fragte Sturmwind.

Stella gelang noch ein blassgelber Sternenregen, dann schlich sie von der Bühne zu Wolke und den anderen.

„Saphira? Dein Auftritt!“, rief ein Elf.

Saphira warf Stella noch einen besorgten Blick zu, dann trabte sie auf die Bühne und sang ihr Lied wunderschön.

„Das war toll“, begann Wolke herzlich.

Aber Saphira drängte sich an ihr vorbei und lief direkt zu Stella. „Wie geht es dir?“, fragte sie besorgt.

„Mir geht es ganz gut, aber ich hatte recht, dass sie nicht kommen würden“, meinte Stella unglücklich. „Ich konnte mich einfach nicht konzentrieren. Meine Eltern waren nicht im Publikum, obwohl sie gesagt hatten, dass sie da sein würden!“

„Ich hatte sowieso nicht geglaubt, dass sie kommen würden“, verkündete eine hochnäsige Stimme hinter ihnen.

Stella fuhr erschrocken herum. Azur, eine Sechstklässlerin, sah Stella an, als ob sie eine eklige Wanze wäre.

„Gib's doch zu", stichelte sie gemein. „Sie sind nicht gekommen, weil du das alles nur erfunden hast. Du bist überhaupt nicht die Tochter von Silberwind und Aurelia!"

7

Stella rang schockiert nach Luft. Azur kam noch näher.

„Du hast das mit Silberwind und Aurelia doch nur erfunden, um dich interessant zu machen, stimmt's?", fragte sie höhnisch. „Tja, es hat leider nicht funktioniert."

Immer mehr Einhörner versammelten sich um sie, angelockt von Azurs lauter Stimme.

„Hast du gehört, was Azur gesagt hat?"

„Sie hat behauptet, dass Stella alles nur erfunden hat ..."

„Erbärmlich!"

Stella brach in Tränen aus und lief davon.

„Schnell!", hauchte Saphira. „Wolke, wir

müssen Stella folgen und ihr helfen! Azur ist diejenige, die Lügen verbreitet!“

Wolke hatte großes Mitleid mit Stella. Es war für niemanden schön, beschimpft zu werden. Aber was, wenn Stella das alles wirklich erfunden hatte? Immerhin war Stella nett zu ihr gewesen und hatte Wolke bei ihrem Sternenregen geholfen ... Vielleicht sollte sie wirklich ... Wolke zögerte einen Moment.

„Ich muss los, zur Schülerzeitung“, verkündete sie. „Die neue Ausgabe steht an. Oriel braucht meine Hilfe.“

„Zur Schülerzeitung?“, fragte Saphira überrascht. „Aber du arbeitest doch gar nicht bei der Schülerzeitung mit!“

„Doch, schon eine ganze Weile. Aber ich muss jetzt wirklich los und den anderen helfen“, antwortete Wolke kurz angebunden. Dann wandte sie sich um und galoppierte davon.

Ich kann ja nichts dafür, dass Stella von allen beschimpft wird, dachte Wolke. Trotzdem hatte sie ein schlechtes Gewissen, dass sie nicht mit Saphira mitgekommen war. Aber dann fiel ihr wieder ein, wie schlecht sie sich gefühlt hatte, seit Stella an der Einhornschule war. Wieso war das Ganze nur so kompliziert geworden?

Am nächsten Tag waren offensichtlich alle Schüler davon überzeugt, dass Stella in Bezug auf ihre Eltern gelogen hatte. Viele warfen gehässige Blicke hinüber zum Tisch des Regenbogenhauses. Sogar Mondstrahl und Sturmwind schienen sich der allgemeinen Meinung angeschlossen zu haben. Stella hielt den Kopf die ganze Zeit gesenkt und aß ihr Frühstück schweigend, ehe sie sich so rasch wie möglich von der Mondscheinwiese davonstahl.

„Stella sagt die Wahrheit“, verteidigte Saphira sie, nachdem Stella weg war. „Immerhin bin ich mit ihr aufgewachsen.“

„Aber wir haben keinen Beweis“, entgegnete Mondstrahl. „Ich habe noch nie ein gemeinsames Foto von Stella mit Silberwind und Aurelia gesehen. Findet ihr das nicht auch ein bisschen merkwürdig?“

Saphira schüttelte verärgert den Kopf. „Ich kann gar nicht glauben, dass du so gemein bist, Mondstrahl. Und du auch, Sturmwind!“

„Ich weiß nicht recht, was ich davon halten soll“, murmelte Sturmwind unglücklich.

„Und was ist mit dir, Wolke?“, fragte Saphira. „Glaubst du wirklich, dass Stella gelogen hat?“

Wolke wusste nicht, was sie sagen sollte. Sie fühlte sich hin- und her gerissen. „Ich muss jetzt los. Bis später“, rief sie schnell und galoppierte davon.

Was für eine Erleichterung, der angespannten Atmosphäre auf der Mondscheinwiese entkommen zu können! Wolke trabte über den Hof zur Zeitungsredaktion. Dort stritt sich Azur gerade mit Oriel.

„... du musst das veröffentlichen, Oriel!“, rief Azur im Befehlston. „Sie kann doch nicht einfach irgendwelche Geschichten erfinden und uns alle zum Narren halten! Du musst daraus einen ausführlichen Artikel für die Titelseite machen!“

Doch Oriel schüttelte den Kopf. „Das wäre total gemein“, antwortete er bestimmt. „Außerdem hast du keinen Beweis, oder?“

„Hmpf“, meinte Azur nur und warf ihre Mähne zurück. „Ihr habt aber auch keinen Beweis, dass Stella die Wahrheit sagt.“

Wolke wollte nicht mehr über Stella nachdenken müssen. Daher lief sie ins Archiv, um dort ein paar alte Artikel herauszusuchen.

Gestern Abend hatte sie einen schwierigen Brief bekommen und wollte ein paar alte Briefe ihrer Vorgängerin als Kummerkastentante lesen. Sie hoffte, dort ein paar Tipps für eine passende Antwort zu bekommen.

Als Wolke wieder aus dem Archiv kam, waren zu ihrer großen Erleichterung sowohl Azur als auch Oriel verschwunden. Sie vertiefte sich in die alten Zeitungen und überflog die Artikel. Innerhalb kurzer Zeit hatte sie mehr als zwanzig Antworten der ehemaligen Kummerkastentante gelesen. Immer ging es um Hausaufgaben, Eltern, Geschwister oder Lehrer. Während Wolke sich durch den Stapel Zeitungen arbeitete, machte sie sich nebenbei Notizen.

Als sie fast am Ende angekommen war, entdeckte Wolke in einer alten Ausgabe ein Foto. Sie sah es sich genauer an. Es zeigte ein silbergraues und ein perlmuttfarbenes

Einhorn: Silberwind und Aurelia! Und neben den beiden Schauspielern stand ein kleines, rosiges Einhornkind mit einem funkelnden Horn.

„Stella hat die Wahrheit gesagt!“, rief Wolke aus.

Sie kaute auf ihrer Lippe herum. Eigentlich sollte sie es sofort allen erzählen und Stellas

guten Ruf wiederherstellen. Aber irgendwie war sie immer noch wütend und eifersüchtig.

Warum sollte ich?, dachte Wolke gehässig. Eine leise Stimme in ihrem Kopf sagte: Weil sie dir mit deinem Sternenzauber geholfen hat. Außerdem ist Stella im Grunde nicht böse und sie hat es auf keinen Fall verdient, eine Lügnerin genannt zu werden.

Wolke legte die alten Zeitungen zurück ins Archiv und lief hinaus in den Hof. Dabei war sie so tief in Gedanken versunken, dass sie beinahe mit Saphira zusammengestoßen wäre.

„Da bist du ja, Wolke!“, rief Saphira aufgeregt. Sie sah äußerst besorgt aus. „Ich bin ja so froh, dass ich dich gefunden habe. Etwas Schreckliches ist passiert! Stella ist verschwunden!“

Wolke blieb die Luft weg.

„Ich weiß ja, dass du Stella nicht besonders magst“, sagte Saphira. „Aber ich brauche jetzt dringend deine Hilfe. Wir müssen sie unbedingt finden! Und du bist immer so gut darin, Einhörnern in Not zu helfen!“

„Ich mag Stella schon“, hörte Wolke sich sagen. „Ich mag sie sogar sehr.“

Saphira sah sie überrascht an. „Aber …“, begann sie.

„Sie gibt nur manchmal ein bisschen viel an und ist sehr selbstbewusst, aber tief drinnen ist sie wohl sehr nett. Ich wollte nur nicht, dass *sie* deine beste Freundin ist“, murmelte Wolke verlegen. „Statt mir.“

Saphira blieb der Mund offen stehen. „Aber *du* bist meine beste Freundin, Wolke!“, stammelte sie verblüfft. „Ich dachte, du weißt das!“

„Bin ich das?“ Wolke merkte, wie aller Ärger verschwand.

„Natürlich bist du das“, bestätigte Saphira und stupste ihre Freundin liebevoll an.

„Ich war einfach so eifersüchtig“, gab Wolke zu. „Es hieß immer nur Stella hier und Stella dort. Und du wolltest nicht mehr mit mir reden.“

Saphiras große Augen füllten sich mit Tränen. „Das tut mir so leid, Wolke!“, flüsterte sie. „Das ist mir gar nicht aufgefallen. Mir hat es einfach Spaß gemacht, einer Freundin unsere tolle Schule zu zeigen. Und ich habe nur bemerkt, dass du nicht mehr mit mir zusammen sein wolltest. Immer warst du gleich wieder weg.“

„Das war nur, weil du dauernd mit Stella zusammen warst“, entgegnete Wolke.

Die beiden Einhornmädchen sahen sich erstaunt an. Saphira scharrte mit ihren zarten Hufen.

„Es tut mir leid“, sagten sie gleichzeitig.

Wolke hatte das Gefühl, als sei ein schweres Gewicht von ihren Schultern genommen. Alles würde gut werden!

Dann fiel ihr Stella wieder ein. Sie stupste Saphira sachte an.

„Komm, Saphira! Stella braucht uns jetzt. Wo sollen wir mit unserer Suche beginnen?“

Saphira lächelte sie dankbar an. „Wir können ja als Erstes zu den Rosenquarzklippen fliegen“, schlug sie vor. „Ich kann es ja mal mit dem Rosenquarz-Zauber versuchen. Vielleicht finden wir Stella auf diese Weise.“

Einhörner benutzten den rosafarbenen Kristall, um damit durch einen Zauber Dinge oder Personen zu sehen, die sich gerade an irgendeinem anderen Ort in Arkadia befanden. Manche Einhörner waren besonders begabt darin, und Saphira gehörte zu ihnen.

Wolke und Saphira stießen sich vom Boden ab, schossen empor und entfernten sich

rasch vom Schulhof. Auf der Mondscheinwiese, die sie auf ihrem Weg zu den Rosenquarzklippen überflogen, spielten Einhörner.

Wolke und Saphira landeten neben den funkelnden Klippen. Wolke sah zu, wie ihre beste Freundin mit ihrem Horn sanft den glitzernden Kristall berührte und dann die Augen schloss.

Die Luft schimmerte. Dann konnten Wolke und Saphira Stella erkennen. Sie stand ganz alleine an einem Strand und sah aufs Meer hinaus. Der Wind zerzauste ihre seidige Mähne und wehte ihr einzelne Strähnen ins Gesicht. Wolke sah, dass Stella geweint hatte.

„Sie ist am Strand!", rief Saphira, als sie sich von den Klippen abwandte. Da verschwand auch das Bild. „Stella ist ganz in der Nähe! Komm schnell!"

Saphira trabte los. Wolke folgte ihr. Gemeinsam galoppierten die beiden von den Klippen weg, bis sie zu einem Stück Strand mit feinem weißem Sand kamen, der sichelförmig am Meer des Schweigens lag. Wellen schlugen gegen ihre Hufe. Ein Punkt an der Küste wurde allmählich größer. Wolke legte noch einmal an Tempo zu. Sie überholte Saphira und kam schließlich schlingernd neben Stella zum Stehen.

„Endlich haben wir dich gefunden!“ Wolke japste nach Luft. „Alles in Ordnung, Stella?“

„Nein, eigentlich nicht“, antwortete Stella und wandte Wolke ihr tränenverschmiertes Gesicht zu. „Niemand redet mehr mit mir. Das ist schrecklich. Ich weiß nicht, was ich noch tun soll. Ich bin so unglücklich. Ich will nie mehr in die Schule zurück.“

Saphira kam zu ihnen galoppiert. Ihre Mähne floss wie ein Wasserfall hinter ihr her.

„Hallo, Saphira“, schniefte Stella.

„Ich bin ja so froh, dass wir dich gefunden haben!“, keuchte Saphira atemlos. „Wir haben uns alle solche Sorgen gemacht!“

Stella sah wieder aufs Meer hinaus. „Ist schon gut. Ich weiß, dass das nicht wahr ist. Niemand sorgt sich um mich, nicht einmal meine Eltern.“ Eine Träne rollte über ihre samtige Nase. „Ich fühle mich so allein“, schluchzte sie.

Wolke und Saphira drückten sich an Stella, und Wolke legte ihren Kopf sanft auf Stellas Schulter.

„Ich weiß, dass alles stimmt, was du über Silberwind und Aurelia erzählt hast", sagte sie.

Stella schnappte nach Luft und Saphira sah überrascht auf.

„Ich habe im Zeitungsarchiv ein altes Foto gefunden", erzählte Wolke. „Ich werde es noch heute Nachmittag Oriel zeigen, dann kann er es in der Schülerzeitung abdrucken. Und es wird allen leidtun, dass sie so gemein zu dir waren. Mir tut es auch leid." Wolke hob den Kopf und sah Stella in die Augen. „Ich bedauere es wirklich sehr", sagte sie ehrlich. „Kannst du mir verzeihen?"

8

„Es gibt nichts zu verzeihen, Wolke“, sagte Stella. „Ich danke dir.“

„Warum hast du mir nichts davon gesagt?“, fragte Saphira. „Wie lang hast du das schon gewusst?“

„Ich habe es gerade eben herausgefunden, bevor wir uns zufällig getroffen haben“, erklärte Wolke. „Kommt jetzt. Wir müssen Oriel suchen. Heute wird die neue Ausgabe der Schülerzeitung gedruckt. Wir dürfen keine Zeit verlieren!“

Die drei Einhornmädchen hoben anmutig vom Strand ab und flogen gemeinsam zurück zur Schule. Wolke merkte, dass es ihr nichts mehr ausmachte, dass Saphira so dicht neben Stella flog – jetzt, wo sie wusste, dass sie immer Saphiras beste Freundin sein würde. Außerdem hatte Wolke im Moment Wichtigeres, über das sie nachdenken musste.

„Ich bin so einsam", das hatte Stella vorhin am Strand gesagt. Das waren auch die Worte in dem ersten Brief, den Wolke als Kummerkastentante beantwortet hatte. Stella hatte ihn geschrieben, da war sich Wolke jetzt ganz sicher. Das Bild mit ihr und ihren Eltern abzudrucken war erst der Anfang, um Stellas Leben in Ordnung zu bringen. Wolke wusste, was sie zu tun hatte.

Mondstrahl und Sturmwind kamen zu ihnen getrabt, als die Einhornmädchen auf der Mondscheinwiese landeten.

„Wo wart ihr?", fragte Sturmwind.

„Wir mussten eure Mittagessensportionen

auch essen“, sagte Mondstrahl. Er sah dabei nicht aus, als täte ihm das besonders leid.

„Wolke und ich haben Stella gesucht“, erklärte Saphira.

Stella lächelte. „Wie ihr seht, haben sie mich gefunden.“

„Kommt schon!“, drängte Wolke und begann zu traben. „Oriel wird bald die Zeitung drucken. Wir müssen ihm noch das Foto geben!“

Sie ließen Mondstrahl und Sturmwind zurück, die ihnen verwirrt nachblickten, und liefen über die Mondscheinwiese und den Schulhof zur Zeitungsredaktion. Oriel, Leander und Diana sahen überrascht auf, als sie in den Raum platzten.

„Ich kann es gar nicht glauben“, meinte Oriel verwundert, als Wolke ihm das Bild zeigte. „Ich wollte gerade mit dem Druck beginnen!“

„Ich weiß, aber du musst unbedingt dieses Bild drucken!“, flehte Wolke. „Es wird alle Zweifel über Stellas Familie klären.“

„Aber wir haben keinen Platz mehr in der Ausgabe“, wandte Oriel ein.

„Kannst du es nicht noch irgendwo reinquetschen?“, bettelte Wolke.

Sie hielt den Atem an, als Leander und Diana das Foto studierten und ihre Beiträge überprüften. Leander sah als Erster auf.

„Wäre es auf der Titelseite recht?“, fragte er mit einem Grinsen.

Am nächsten Morgen verstummten alle, als Stella, gefolgt von Wolke, Saphira, Mondstrahl und Sturmwind, zum Frühstück auf die Mondscheinwiese trabte.

„Sie starren mich alle so an“, flüsterte Stella nervös. Die Schülerzeitung war am Vorabend gedruckt und verschickt worden.

Nachdem eine Ausgabe in jede einzelne Box gelegt worden war, wusste Wolke, dass inzwischen jeder das Foto von Stella mit ihren Eltern gesehen hatte.

„Kümmere dich nicht darum“, tröstete sie Mondstrahl und steckte sein Maul in den silbernen Eimer mit dem warmen Haferbrei. „Sie überlegen sich gerade, wie sie sich bei

dir entschuldigen können“, fügte er zwischen zwei Bissen hinzu.

Mondstrahl hatte recht: Nach dem Frühstück kamen die Einhornschüler nach und nach alle zum Tisch des Regenbogenhauses.

„Bitte entschuldige, dass ich dir nicht geglaubt hatte“, murmelte Azur. „Ich war einfach enttäuscht, dass deine Eltern nicht gekommen sind. Und das hab ich dann an dir ausgelassen.“ Sie lächelte nervös. „Ich bin wirklich ein großer Fan von ihnen.“

„Das werde ich meinen Eltern sagen, wenn sie das nächste Mal in die Schule kommen. Bestimmt geben sie dir ein Autogramm“, versprach Stella und Azur strahlte.

Während sich die Eimer mit dem Brei leerten, kamen immer mehr Einhörner vorbei, um sich bei Stella zu entschuldigen.

„Tut mir leid ...“

„Mir tut's auch leid ...“

„Du siehst deinem Vater total ähnlich …“

Stella nickte und lächelte jedem zu. Wolke fand, dass sie erschöpft wirkte, als das Frühstück endlich vorbei war und alle zum Unterricht liefen.

„So“, meinte Sturmwind, als er neben Stella hertrabte. „Wann kommen denn deine Eltern jetzt?“

Stella sah ihn traurig an. „Ich weiß es nicht.“

„Schreiben dir deine Eltern denn nicht?“, fragte Mondstrahl nach.

Stella schüttelte den Kopf. „Nein, meist schreibt nur einer unserer Elfen ein paar Zeilen. Mehr nicht.“ Wolke konnte sehen, dass Stella versuchte, tapfer zu sein. „Meine Eltern sind wirklich sehr beschäftigt mit all den Reisen und überhaupt. Wenn ich ehrlich bin, habe ich sie seit Monaten nicht mehr gesehen.“

Wolke zuckte zusammen. Sie konnte sich nicht vorstellen, so lange ohne ihre Eltern auszukommen. Mondstrahls Eltern schafften es zwar auch nicht immer zum Elternabend, aber sie schrieben ihm andauernd Briefe und hielten den Kontakt.

„Das ist einer der Gründe, warum ich so viel über sie rede", gab Stella zu. „Dann fühle ich mich irgendwie besser."

„Das ist so traurig", meinte Saphira voller Mitleid.

Wolke stupste Stella an. „Selbst wenn deine Eltern nicht kommen können, wir sind immer für dich da."

Stella lächelte. „Danke, Wolke."

Nachdem sich die Aufregung über den Zeitungsartikel gelegt hatte, ging der Alltag wieder normal weiter. Man merkte, dass es Stella viel besser ging. Wolke war gerne mit ihr zusammen und hatte viel Spaß mit ihr und Saphira. Obwohl Stella immer noch ein bisschen zu oft über ihre Eltern redete, verzieh ihr Wolke das. Immerhin war es für sie ein Trost, über sie sprechen zu können, wenn sie schon nicht wusste, wann sie sie wiedersehen würde.

Wolke, Stella, Saphira und die anderen Freunde aus der zweiten Klasse liefen eine Woche später den Gang zu den Klassenzimmern entlang, als sie bemerkten, dass es in der Eingangshalle einige Aufregung gab. Wolke bewunderte das prächtige Horn des Trihorns, während der Direktor eilig auf sie zukam.

„Stella, Besuch für dich!“, verkündete er feierlich.

Stella sah ihn überrascht an. „Wer denn?“, fragte sie. Sie folgte dem Trihorn nach draußen. „Ist es Arvin, mein Elf?“

Wolke stupste Saphira an. Sie hatte ein sehr gutes Gefühl. Dann trabte sie neben Saphira los, Mondstrahl und Sturmwind folgten ihnen.

„Es ist jemand, der dich viel zu lange nicht mehr gesehen hat“, sagte eine tiefe, vertraute Stimme, als sie um die Ecke bogen. „Hallo, Stella, mein Schatz!“

Neben der Tür zum Hof stand das prächtigste, silbergraue Einhorn, das Wolke jemals gesehen hatte. Und daneben wartete ein wunderschönes, perlmuttfarben glänzendes Einhorn mit langen schlanken Beinen. Sie waren umringt von einer Menge von kichernden Einhornschülern, die einander schubsten und sich vordrängeln wollten, um einen Blick auf die berühmtesten Filmstars von Arkadia zu erhaschen.

Stella stieß einen erstickten Schrei aus. Dann trabte sie auf ihre Eltern zu.

„Stella, mein Liebling“, sagte Aurelia und berührte Stellas Nacken sanft mit ihrem perfekt gedrehten Horn. „Es tut uns so leid, dass wir den Talentwettbewerb verpasst haben.“

„Wir hätten wirklich kommen sollen“, meinte Silberwind bedauernd. „Das ist uns nun klar.“

„Aber warum seid ihr ausgerechnet jetzt gekommen?“, fragte Stella fröhlich.

„Jemand hat uns eine Ausgabe der aktuellen Schülerzeitung geschickt. Anscheinend hattest du Probleme, mein Schatz. Wir bedauern sehr, dass wir nicht für dich da waren.“

„Wir haben auch noch eine andere Schülerzeitung bekommen“, erklärte Silberwind. „Darin war ein Brief von einem sehr unglücklichen Einhorn, dessen Eltern sich nicht genug kümmerten. Darum sind wir heute gekommen. Wir versprechen, dass wir in Zukunft mehr Zeit mit dir verbringen werden. Wir waren wirklich dumm.“

„Schon vergessen“, antwortet Stella glücklich. „Jetzt seid ihr ja da. Ach, es ist so schön, euch zu sehen! Kommt mit, ich zeige euch alles ...“

Stella trabte in den überfüllten Schulhof, begleitet von Silberwind und Aurelia. Ehe sie durch die Tür schlüpfte, wandte sie sich um und lächelte Wolke zu. Wolke lächelte zurück.

„Hattest du etwas damit zu tun, dass Silberwind und Aurelia diese Zeitungen bekommen haben?“, fragte Saphira neugierig.

„Vielleicht …“, antwortete Wolke und machte eine geheimnisvolle Miene.

„Warum hat dich Stella so angesehen?“, fragte Mondstrahl.

„Wie denn?“, fragte Wolke mit gespielter Unschuld.

Sie hätte platzen können vor Glück.
Die zweite Klasse hatte trotz allem ganz wundervoll begonnen.

Sternenfohlen

Linda Chapman
In der Einhornschule
ISBN 978-3-440-11357-8

Im zauberhaften Einhornland Arkadia gehen die kleinen Einhörner zur Schule, um zu lernen, wie sie ihre magischen Fähigkeiten später sinnvoll einsetzen können. Wolke, das kleine Einhornmädchen, startet gemeinsam mit anderen Einhornfohlen ihr erstes Jahr in der Einhornschule. Alle müssen sich zusammenraufen, es finden sich neue Freunde, aber auch erste Schwierigkeiten tauchen auf ...

Der Einhornprinz
978-3-440-11358-5

Magische Freundschaft
978-3-440-11400-1

Saphiras großer Tag
978-3-440-11401-8

Bezaubernde Gefährten
978-3-440-11596-1

Wolke in Not
978-3-440-11597-8

Wirbel um Stella
978-3-440-11598-5

Jeder Band
€/D 6,95
Preisänderung vorbehalten

www.kosmos.de